KB066458

엄지손가락

엄지손가락
정용채 시집

초판 인쇄 | 2014년 4월 15일
초판 발행 | 2014년 4월 20일

지은이 | 정용채
펴낸이 | 신현운
펴는곳 | 연인M&B
기   획 | 여인화
디자인 | 이희정
마케팅 | 박한동
등   록 | 2000년 3월 7일 제2-3037호
주   소 | 143-874 서울특별시 광진구 자양로 56(자양동 680-25) 2층
전   화 | 82-02-455-3987   팩스 | 82-02-3437-5975
홈주소 | www.yeoninmb.co.kr
이메일 | yeonin7@hanmail.net

값 8,000원

ISBN 978-89-6253-153-4 03810

엄지손가락

정용채 시집

하지만 아시나요?
높은 곳에 있는 그들도 당신을
만나기 위해서는
한없이 고개 숙여야 함을…….

연인M&B

　작은 창을 내고 시시때때로 세상을 내다보는 재미는 쏠쏠했
다. 때마다 그 창을 통해 들어오는 풍경과 햇살 그리고 바람을
즐겼다. 그러다 어느 날부터인가 나는 방문을 열고 밖을 내다보
기 시작했다. 차마 문지방을 넘지 못한 것은 순전히 나의 소극
적인 성격만은 아니다. 쪽문이나 문지방 너머로 바라다보는 세
상은 문 밖에서 보는 세상과는 또 다른 의미와 재미가 있다. 그
러기에 나는 한동안 그 재미에 빠져 스스로 문 안의 여자로 사
는 것에 만족해 왔다.

　헌데 이제 슬슬 문 밖 세상이 궁금해졌다. 내 몸을 온전히 드
러내고 미처 창으로 보지 못한 세상이 보고 싶고, 밖에서 방
안을 들여다보고도 싶어진 것이다. 분명 색다른 풍경이 나를
기다리고 있을 것이라 본다.

　여기에 또 하나 글 묶음의 이유를 들자면 그간 주변머리 없
는 주인 탓에 이리저리 셋방살이로 전전하던 내 시들에게 편

히 쉴 수 있는 집 한 칸 마련해 주고픈 주인의 소박한 마음도 가세했다.

바라건대 나의 시 한 구절이 누군가의 지쳐 있는 어깨를 토닥여 줄 수 있고, 잊혀져 가고 소외되는 것들에게 잠시라도 시선 한 점 보낼 수 있으면 좋겠다.

뒤뚱거리는 나의 글에 온전한 다리를 선사해 주신 시인 김대규 선생님께 먼저 깊은 감사를 드린다. 글을 묶을 수 있기까지 옆에서 격려와 도움을 주신 많은 문우와 지인들께도 진심으로 감사드리며 김미자 수필가와 언제나 나의 멘토가 되어 준 이종숙 시인께 특별히 고마운 마음을 전한다. 끝으로 사랑하는 나의 가족들과 이 기쁨을 나누고 싶다.

2014년 햇살 눈부신 봄날에
정용채

차례

제2부
|
중지로 노크하기

제3부
|
약지에 꽃반지 끼고

제4부
|
새끼손가락 걸고

제1부
—
검지가 가리키는 곳

네게 다가가는 발걸음이 쉽지만은 않았어
멀찌감치 바라다보는 것도
그다지 나쁘지는 않겠지
그래도 꼭 한 번
네 곁에 가까이가
너의 온기를 느끼고 싶었어
내가 다가갈 때까지
항상 그곳에 있어 줘서 정말 고마워

단풍

족히 오십 년을 삭혀야
비로소 얻을 귀한 색입니다
본디 당신의 색에서
청춘에 빛을 빼고 남은 색입니다
서른여섯 물감 중에 고작
푸른색을 더 썼을 뿐이니
당신은 아직 붓을 놓을 때가 아닙니다
설사 모든 색을 다 쓴 후라도
가슴에 묻고 있는 투명한 색을 꺼내
온 겨울 나뭇가지 붓 삼아
오로지 허공만 그려도 좋을
그런 당신입니다.

경복궁 버드나무(臥柳樹)

늙은 상궁의 궁둥이에는
옹이가 자리 잡고
허리 조아림의 나날
굽은 허리로 굳어 있다

지팡이 의지하고도
세상을 바로 보지 못하니
목덜미 타고 오르는 힘줄이
오늘따라 힘겨웁다

꽃다운 나이에 궁에 들 제
나라님 베개에 얼굴 묻고
알콩달콩 살려 했거늘…….

애써 치켜든 머리카락 사이로
듬성듬성 가을바람만 스산하다

궁 살이 질리도록 한 버드나무
누워 새참을 든다.

수박

달을 품을까
해를 품을까
기왕이면 뜨거운 놈을 품기로 했습니다

타고 남은 심장의 그을음으로
전신에 타투를 박아대도
밭고랑으로 굴러떨어지지 않았습니다

다들 둥글고 잘생겼다 하지만
어디 웬만큼 굴러 그 태가 나오겠습니까

태양을 품은 원죄
차디찬 냉대로 식혀
고스란히 여름 성찬으로 바칩니다.

＊타투: 문신.

넝쿨장미

저리
뜨거운 피를 품고 있느라
홀로
제 몸 가누기 힘들었을 겁니다

가시로 온몸 휘휘 감길래
벌 나비 쫓으려는 줄 알았지
치받는 설움 삭이느라 핀
열꽃인 줄 몰랐습니다

담장에 턱 괴이고
바라만 본 것은 아닙니다
세상을 끌어들이는
호흡을 하고 있었습니다

자지러지게 울어 제치는
장미 울음소리에
올 유월도 이렇게
붉게 흔들리고 있습니다.

연밥에 마음을 매달고

칠월이 내려앉은
연방죽이 시끄럽게 들썩인다
사열하는 연잎 사이로
찬연한 연꽃 한 송이

제 마음 연밥에 싸서
그저 허공에 매달뿐
결코 눈물 흘리지 않는다

발을 동동 구르다
부어오른 발
물에 담그고
하품하듯
꽃 한 송이 피어 낼 뿐이다

* 연방죽: 연지.

전봇대

지상에 곧추서서
땅의 혼을 들이키고

태양의 그늘을 말리는
빛의 태반

머리카락 끝에서
바람이 현을 탄다

선천적 외눈박이
탁류 한가운데 지표를 정하고
유속에 흐름 지켜보다
지긋이 한쪽 눈마저 감는다

공명으로
지상에 소리가 울릴 때
하늘과 소통하는 너는
지구의 나팔수이다.

달항아리

지상에 잠시 마실 온
달을 꼬드기고,
바다에 노니는 달을
주낙에 매달아 끌어올렸다

솔가지에 걸려 있던
달그림자 끌어내리고,
앞 논에 내려앉은
달빛을 갈퀴로 긁어모아
도공은 고스란히
항아리에 가두었다

그 빛이
화려하지 않은 것도
그 모양이 일그러진 것도
손놀림이 무뎌서가 아니라
본디 그게
임에 모습이었다.

일몰(日沒)

진종일 담금질을 하던 그가
화덕을 나와 집으로 간다
산을 밟고 도시를 건너 바다로 향하던 그가
대부도 다리에 걸터앉아 담배를 문다
박제처럼 단단해진 등짝에 잦은 해풍이 인다

길게 빨아들인 담뱃불은 숯불처럼 발갛게 타다가
건너편 송도빌딩으로 달려가 빛이 되고
다시 영흥도로 기어들어가 가로등이 되었다
다시 일어나 길을 재촉한 건 순전히
파도가 그를 따르며 풀무질을 해댄 탓만은 아니다

불씨 하나 찾아 해안 화덕에 불을 지피자
그는 수심 밑으로 가라앉고
작업복만이 해안으로 밀려와 갯벌을 덮는다

내일 아침
오늘은 갯벌로 가 어제가 되고
어제는 뭍으로 가 그제가 될 것이다.

돋음볕

어둠의 자식으로 태어난 난
바다가 고향입니다
청운의 꿈을 안고 하늘로 날아올라
세상에 빛이 되었지만
누리를 밝히는 진정한 빛은
해를 잉태하는 밤임을 압니다
종일 허공을 배회하다가도
허겁지겁 바다로 찾아드는 건
그곳에 나의 탯줄이 묻혀 있고
쓰러지듯 기댈 수 있는
어둠이 있기 때문입니다.

겨레의 숨결로

들이쉬는 이 숨은
오천 년을 숨고르기한 숨
앞섶을 타고 흐르는 그 선은
천년에 마름질로 다듬은 각이다

손끝을 말아 올려
가볍게 튕기는 이 가락은
셈법이 다다르지 않는
가장 높은음자리

지금 단전을 차고 오르는
너의 날숨이
이제 막
이름 부여 받은 이에
들숨으로 호흡되는 순간이다.

잣나무 숲에 앉아

푸르다

녹록지 않은 이 색의 발원은
긴긴 날, 외로움이 고인 눈자위
기억 없는 날, 기쁨으로 파래진 잇몸
젊은 날, 네 곧은 척추 위에 박힌 이별
아니다
처음, 어미의 젖가슴을 파고들던 너의 머릿결이다

가슴에 멍을 헤집어
퍼런 핏줄 하나 부여잡고
대롱대롱 매달려 살았던
헤아림을 상실한 나날

명치부터 발등까지 그 설움 삭아들어
눈물이 응고되어 씨앗이 될 때까지
넌, 푸르러야 한다

네가 잠들면
이 산이 저 산으로 옮겨 갈지 모른다
두 눈을 부릅뜨고 여길 지켜야 한다

넌
충혈된 눈마저 푸르러야 한다.

양파

시스룩을 걸쳤다고
내 속을 들여다볼 수 있다고
여기시면 오산입니다
벗겨도, 벗겨도
끝내 나는 속내를
드러내지 않을 작정입니다
이는 내 속사정을 그대가 안들
하등 무슨 소용 있겠냐 싶기 때문입니다.

고층빌딩

오르고자 하는 염원이
서로를 무등 태워
위로,
위로 올라만 간다

흰개미 영혼이 씌어
이젠 멈출 수 없다
다다라야 한다
알 수 없는 그곳

낙하의 아찔함!

수직의 터널을 뚫고
육지에 주상절리를 세우고
각진 그림자 속으로
모두를 숨어들라 한다.

안양천변에는

걷는다
물 위에다 넋을 띄우며

그렇게 흐르는 물처럼
사는 거라 했다

유속을 따라잡기가 벅차다
뛰기에는 이미 다리가 무뎌졌다

거슬러 오르는 것은
물고기나 용기 있는 자의 몫이란다

아하,
물고기기 저리도 유연하게
거슬러 오를 수 있는 건
바람이 물결을
밀어주고 있기 때문이었다.

호수

대지의 눈이 되어 박혔네
바다로 가는 길을
잃어버린 건 아니네
길고도 험한 길이라 예감하고
누군가 가두어 주기를 희망했었네

이처럼 많은 걸
소리 없이 품어야 하는 줄은
거친 바람에도
세차게 흔들려선 안 되는 줄은 몰랐네
차라리 바다로 가
마음껏 성내며 파도치고 싶다네

그저 하나 위로라면
해 그림자 내 눈에 들어와
검은 동자로 박힐 때
겨우 동공을 열고
세상을 볼 수 있다는 거네.

주전계곡

흐르는 것은
거슬러 오르는 것을 모른다
산을 내려온 물은
산 위의 이야기만 기억할 뿐
내려앉는 것에 아쉬움이 없다
계곡물은 아직
바다를 모른다
풍경으로 스며들어 겨우
숨 쉬는 것만 익혔다
바위의 발을 씻기고
나무의 거울이면 족할 뿐
하늘로 오르는 것은
아직 배우지 않았단다.

한계령에 가거든

한계령에 가거든
내가 누군지 묻지 마라
그대가 내가 되어도 무방하다

하늘이
바람이
흘러내려
내(川)를 이루는 시각이니
막힌 숨을 토해 내도 좋을 때이다

혹여 머리카락이
시야를 가린다 해도 성내지 마라
바람이 그곳으로 길을 가르니
그 또한 풍경이지 않은가

그대
한계령에 가거든
안개 옷을 걷어와
내 영혼을 감싸 줘도 좋을 터이다.

안개 속에 갇히다

물이 일어나
일제히
날개를 펴고
우주로 진입하는 시각
깃털 고른 영혼은
비상에 합류하고
아직 숨고르기에 바쁜 이들
사방에 문을 닫고
저마다
청평호에 비밀을 만든다.

그녀의 공방

골목을 끼고
그녀의 작은 공방이 있다
부서진 추억이
부러진 기억의 고리를 붙잡고
네모난 캔버스에서
새로이 배아되고 있다
그녀야!
네모 속에 동그라미
선 위에 세모를 얹더라도
부디
세상에 하나밖에 없는
이름을 지어다오.

경포호 시비(詩碑)

지금 경포호에 가면
밤새 호수를 들이킨 죄로
가슴팍에 낙인처럼
제시 한 수씩 새기고
돌이 되어 있는 시인들을
만날 수 있을 것이다
불현듯 그곳에 이르러
호수에 내린
달을 파전 삼아 한 잔
튀밥 닮은 별을 보며
한 수
그렇게 세상살이 읊다가
찬 서리 내리는 호숫가에
시비(詩碑) 하나 골라 베고 잠들고 싶다.

제2부
—
중지로 노크하기

똑똑똑!
들어가도 되니?
내키지는 않겠지만 문 좀 열어 줄래?
고단하고 지친 맘
잠시만 쉬었다 가면 안 될까?
알아, 너도 나만큼 힘들다는 것을······.

홍시 독백

텁텁한 세상
떨떠름한 표정 짓다가
슬며시 웃는 게 나야
어깨에 힘주고
뻣뻣하게 살아도 봤어
외면도 당해 봤고
씹다 버려지는 아린 상처도 있지
자성의 시간을 갖고
곰삭이는 기도를 했어
안간힘을 쓰느라
온몸에 실핏줄이 다 터졌지만
세상으로 나가는 발걸음은
어느 때보다 당당해졌어.

풍선인형(sky dancer)

시작의 몸짓이라
허둥대고 쑥스럽습니다
대박의 꿈으로
한껏 몸을 부풀리고
제멋대로 흔들어 대는 듯해도
딴엔
진땀나는 하루입니다
서투른 춤사위는 희망입니다.

번데기

고치가
세상에 전부라
알고 있습니다
지구가 둥글다는 것
또한
의심해 본 적이 없습니다
나의 둥지가
작다 여기지 않았기에
넓은 공간의 의미를
아직 알지 못합니다.

콩

도리깨질을 해대도
깍지가 열리지 않는 것은
오기나 고집이 아니야
여물지 않은 낟알을 세상에 내놓기가
엄두가 나지 않는 거지
섣부른 매상은
풋내든 비린내든 나기 일쑤고
영근 깍지는 채찍 없이도
벌어지기 마련이고
수매 때 앙팡지게 제값도 받게 하지.

유모차

더는 늙을 게 없는
노파에 이끌려
낡은 유모차가 골목으로 들어선다

화려한 과거를 가진 것들이
게으르고 무기력한 몸짓으로 올라탄다
세상 무게에 짓눌린
유모차는 숨이 목까지 차오른다

갓난애의 젖내
엄마의 분내는 이제 어디에도 없다

더는 혼자서는
살아내기 힘든 세상,
버려진 것들끼리 해진 어깨를 비벼댄다

그렇게
또 한 번 살아가자 한다.

종이비행기

비행기는
언제나 외경으로 향한다

날고 싶고
떠나고 싶고
다다르고 싶은 곳으로
커다란 창을 내고
저마다
색색의 종이비행기를 접어
첫 비행을 시작했었다
불시착을 탓하지 않는
온전히 설렘만 가득한 이륙이었다

오늘 종이비행기 하나 날릴
커다란 창을 내야겠다.

곤드레밥

골짜기 하찮은 나물이 밥이 되다니
나물의 지존인 콩나물에게나 가능한 일이지
숙주, 고사리, 도라지는
수백 년을 조상님께 제를 올려도
아직도 나물 신세에서 벗어나질 못했고
나물계의 명품인 시금치도
여전히 찬으로만 존재하거늘
색으로 보나 모양으로 보나
특별할 것 없는 네가
당당하게 밥이 되어
찬들의 수발을 마다하지 않는 것에
나는 의혹에 눈초리를 보내지 않을 수가 없다.

물안개

날이 밝기 전에 떠나야 한다
옷자락을 붙잡는 숨소리
호수 위를 맴돌다
갈대숲으로 숨어든다
어둠 속의 맹세는
더는 나의 것이 아니다
어설프게 한 대 피워 대는 사랑
호수 위를 휘감다
허공으로 흩어질 뿐
더 이상 비상을 꿈꾸지 않는
젖은 날갯짓이다.

유월 나들이

유월의 첫 자락에서 바다를 보았소
부서지는 파도 소리에
마음도 부서져
어린아이 엉덩이 같은 모래 무덤 위로
추억처럼 흩어졌다오

해안가 솔잎 사이로
가슴 아픈 이야기들이 윙 윙 댈 때
여름을 당기는
성급한 피서객들 어깨 위에
지난 아린 상처가
고혹한 그리움으로 파도쳤다오

어부의 구릿빛 얼굴 위로
초여름 햇살이 보석처럼 흘러내리고
아낙의 세 갈래 묶음 머리 위로
고단한 삶이 포말처럼 엉겨 붙었다오

바다는 파도를 껴안으려
애절한 노래 자락을 휘감지만

파도는 속절없이 부서져
허공으로 내달렸다오.

비가 오면

탱그랑
탱그랑
양철 지붕 위로 떨어지는
빗소리가 듣고 싶다

아파트 사이
흐느적거리며 내리는 비
연립주택 담벼락을
흐늘거리며 기어가는 빗소리
도시의 비린내가 배어 있다

아욱 잎사귀 위로
톡 톡 굴러떨어지는 빗소리는
정구지전 부치는 엄마의 옷섶 소리이다

후드득 후드득
두엄 더미를 치는 빗소리는
아버지의 장화 소리다

양철지붕 아래
고무다라 받쳐 놓고

한여름
빗소리를 받고 싶다.

소나기

울컥하는 맘에 그만
참았던 설움이
터진 것뿐입니다
한바탕 푸념에
별탈이야 있을라고요
사는 게 다
한때 소나기 아니던가요
흥건하게 고이는가 싶다가
흔적 없이 사라지는 것.

이모티콘

나시족의 동파문자인가
선사시대의 상형문자인가
수천 년을 건너뛰어
현대인의 문자로 다시 태어났다
문맹이 존재하지 않던 세상
누구와도 소통되던 언어,
문명은 어려운 문자를 만들었고
그때부터 세상은 복잡해졌다
다시금 헐헐하게 살아 보라는
애틋한 조상의 기도가
소통의 문을 다시 열었다.

장마

일 년에 한 차례
하늘 청소하는 날
가없으니
여러 날 걸리겠지
지친 몸이야
소제하는 이가 더할 터
나야 창가에 기대
오가는 이
새로 산 장화나 감상하면 되지.

봄에는

봄에는
무뎌진 가슴으로
화분 하나 사들여도
나무라는 이 없다

이부자리 쿡쿡 밟아
햇살에 걸쳐만 놔도
단전은 망설임 없이
호흡을 허락한다

봄날에는
정 깊은 사람도
미련 없이 겨울을 밀어내고
외면을 배운다.

좁쌀만한 것이 1

세상에 작은 가슴으로 태어난 것은
속이 좁아서가 아닙니다
이것만으로도 충분히
세상을 안을 수 있기 때문입니다
이래 봬도
우주의 진리를 품고
자연의 섭리를 익힌 몸입니다
제 안에는
농부의 숨소리
아낙의 웃음마저 채우고도
아직도 여분의 방이 있어
당신의 이야기도 담을 수 있습니다
작은 몸짓으로
가장 큰 세상을 품을 수 있는 것이
바로 저 좁쌀입니다.

좁쌀만한 것이 2

핍박과 멸시의 순간을
온전히
오늘을 위해 견디었습니다

누구에게나 한 번은
화려한 순간이 온다는
진리를 믿고 있습니다

작고 작아지는
연습을 했습니다
그것은 온전히
겸손을 익힌 까닭입니다

오랫동안
인류의 양식으로 살아온 비결

작디작은 눈으로
큰 세상을 보는
바로 그 혜안이었습니다.

소리

물체의 울림
사물의 언어
교류와 항변의 마찰음

파장이 있는 음은
존재하는 것 중에
선택받은 것들의 아우성이다

살아 있으되 소리 내지 못하는
존재하지만 소리 없는 것
그것들의 침묵에 소리가
크고도 긴 소리보다
더 크게 세상을 지배하고 있다.

흐린 날

흐린 날에는
볼 수 있는 것 중에
절반을 숨기고
나머지 반만 보게 한다
간절히 보고 싶은 것들은
너머에 숨기고
그것은
그곳에 있는 이의
몫으로 두라 한다
보이는 반만으로도 충분히
오늘을 살 수 있다 한다.

엄지손가락

세상의 으뜸이라는 엄지는
늘 자격지심에 빠져 있다
태생부터 짧은데다
출발점마저 뒤처져 있다
다른 손가락을 따라잡기에는
애초부터 역부족이다
세상이 자기를 격려하려
애써 치켜세우는 거는 아닌지 의심도 한다
그 흔한 반지 하나 끼워 주지 않는 현실
세상 어려운 일을 도맡아
쉼 없이 움직이는 그에게
치켜세움은 고작 위로에 지나지 않는다
하지만 아시나요?
높은 곳에 있는 그들도
당신을 만나기 위해서는
한없이 고개 숙여야 함을…….

고추잠자리

나는요, 국가대표
장대높이뛰기 선수
지친 몸 달래려
고추밭 가장자리 얼쩡거리다
덩달아 붉게 물들었네요
고추는 고추장(長)이 꿈이라며
진종일 뙤약볕도 마다않네요
나도 붉은 댕기 질끈 묶고
다시 한 번
도약하는 연습을 해야겠네요.

제3부
—
약지에 꽃반지 끼고

믿었지
내 믿음을 의심하고 싶지는 않았어
믿으면 다 되는 줄 알았지
헌데 그게 아니더라고
다 그런 거란 걸 아는 데는
많은 시간이 필요치는 않았지
그렇지만 난 또 믿어 볼까 해

머리하는 날

늘어 가는 여자가
아치형 거울 앞에 앉았다
반쯤 젊은 남자가 예리한 가위로
그녀의 꼬랑지를 자른다
두 번의 문상과 한 번의 결혼식
그리고
한 번의 돌잔치를 자른다

시간은
처마 끝에 굼벵이처럼 발밑으로 굴러
익숙한 문자들을 만들어 낸다

서너 달
마트, 세탁소, 시장, 백화점, 삼겹살, 돼지갈비
콩나물과 된장찌개가 뒤섞인다

또 한 번
돌돌 말리는 객쩍은 기도
귀퉁이 심비디움 각질 하나 떨군다

사내가
여자의 안쓰러운 기도를 쓴다
플라스틱 빗자루에 쓸려
늙어 가는 여자가 솔잎처럼 눕는다.

* 심비디움: 양란의 일종.

빨래를 하다

똬리를 튼 바구니 속에서
향수를 뒤집어쓴 딸이
술과 버무려진 남편이
훅, 지나간다

살과 세상이
섬유 사이로 은밀하게 오간 흔적이다

문지방 세계
이제는 문을 열고
서로의 향을 음미해야 한다

일상에서 막혔던 이야기들이
세제와 물을 매개로
비로소 소통되는 순간이다.

내 얼굴

화선지 한 장 얹어
탁본 한 장 떼어 내면
4호짜리 묵화 한 폭 되려나

골진 주름
그 길 따라 어지러이 걸어가는
낡은 여인이 보일 테지

파인 숨구멍마다
몰아쉰 숨들이
감귤 껍질처럼 엉겨 붙어
산인 듯, 내인 듯
풍경 하나 만들겠지

족자 하나 만들어
주방 한편에 걸어 두면
누구는 산수화라 할 것이고
누구는 수묵화라 할 테지만
내 어머니 스쳐 지나도
우리 딸이라 하실 게다.

꼬리가 있었네

엉덩방아를 찧은 다음 날
온몸의 신경들이 죄다
한곳으로 몰려든 곳
묵직한 압박감을 딛고
자랑스럽게 꼬리뼈가 솟아 있다
아하, 내게도 꼬리가 있었네
내 손으로 잘라 버린 것은 아니지만
선조들의 누군가가 결단을 내렸을 것이다
더는 필요 없었던가
더는 두고 볼 수가 없었던가.

306보충대

소한과 대한 사이
306보충대가 길을 연다

일기예보는 연일 최저점을 찍고
바닥까지 내려앉은 어미의 한숨과
까까머리 아들의 물빛 웃음이 명치 끝에 고인다

한술 뜨려니
빗장 건 목젖은 설움만 걸러 내고
어미의 심장으로 다시 들어온 아들은
오장을 휘저으며 온종일 사지를 묶어 두고 있다

전쟁도 분단도 이념도
제 알바 아니라던 아들
군화 속에 두 발을 넣는 찰나
전장의 중심에 서 있음을 느끼겠지

세상의 모든 이별과
이 땅의 모든 모정이
예정된 그리움으로 자주포에 장전되어
306보충대 연병장에
눈발처럼 쏟아지는 화요일 오후다.

복권 열풍

허구한 날
악몽에 시달린 건 아니지만
이렇다 할 길몽 한번
꿔 본 적 없는 거야
제대로 된
꿈 한번 꿀라치면
이런저런 이유로 깨어나기 일쑤였지
이렇게 잠만 자도 되나 싶기도 해
이제라도 단꿈으로 들어가는
주문을 외우며
돌아누워 다시 한 번
꿈을 꾸고 싶을 따름이야.

내 어머니

내 어머니는 당신 가슴에
방을 들이셨다
자식들 방을
며느리 방, 손자들 방까지

가슴 가득 방을 꾸며 놓고는
쉴 새 없이 드나드시며
군불을 지피고
쓸고 닦고

설마 그 방이
이유 있어 비어지고
이유 없이 비어질 거라
생각 안 하셨겠냐마는
오늘도 내 어머니는 빈방을
소리 죽여 여닫는다

이 여름 가고 가을이 오면
냉기 어린 방을 또 속절없이
당신 온기로 데우시리라.

그림자 1

눈을 깜박이지 않아도
세상 모든 것을 보고
귀를 닫고 있는 듯해도
못 알아듣는 게 없다네
빛을 등지고 사는 유일한 존재
세상 비껴 사는 법을 가르치지
말이 없다고 무시하면 안 돼
저 시커먼 속을 도대체 알 수가 없으니
언제라도 제 속을 드러내고 덤벼들지 모른다네
작은 몸짓 하나 놓치지 않는 민첩함
이미 나의 맘속까지 꿰뚫는 놈 있어
세상 모두를 속여도
제 그림자만은 속일 수 없으니
그나마 사람 노릇하고 살 수 있는 게지.

그림자 2

앞서거니 뒤서거니
때론 당기고 때론 밀며
한 몸으로 움직이는 우리
한없이 작아지려 할 때
내 몸 한껏 부풀려
세상과 키 재게 하고
쓸데없는 허세로 뭉쳐 있을 때
낮은 자세로 이끈다
세상과 부딪치는 잦은 마찰
일상이 되어 버린 투정도
침묵으로 받아 주는 또 하나의 나
살아 있는 동안
배신하지 않는 유일한 존재
정오를 틈내 잠시 내 품에 쉬게 한다.

외로움

비울만큼 비운 자리
더는 들어설 이가 없다
지독하게 깨끗한 방이라
누굴 쉬이 들일 수가 없다.

어깃장 놓기

촘촘히 짜여진 일상에
어깃장 하나 놓는다면
틈새로 낯선 공기 한줌 드나들겠지
사선으로 내리쏘는 광선 위로
새로운 각의 그림자가 생겨나면
잠시 낯설어 하다간
이내 익숙한 손놀림으로
새로운 성 쌓기를 시작하겠지.

시인은

시인은 말이야
굴러다니는 단어를 주워
얼기설기 잇는 게 아니야
간혹은 영혼에 살을 입히기도 하고
살점에 혼을 불어 넣기도 하지만
뼈대를 세우는 일만은 쉽지가 않아
뼈 없는 애벌레 시도
야들야들한 맛은 있지
하지만 제대로 설 수가 있어야 말이지
해서 말이야, 제 뼈를 갈아 넣다 보니
쓸 만한 시는 평생 가야 몇 편 안 되기 마련이지.

아버지

내 아버지는
최강 동안이시다
딸보다 젊어지시더니
몇 년 전부터
막내아들보다 젊어지셨다
이러다 얼마 안 가
손주보다 젊어지실 게다
마흔셋
내 아버지는
불로초를 드신다
저승에다 숨겨 놓고
당신만 혼자
몰래 달여 드신다.

백일간의 사랑

동그란 창
고추 세 개
참숯 셋
수줍은 볕바라기

말날(午日) 맺은
액(厄)막이 연

심장에 검은 피
백일간 토해 낸
아린 목젖

삭힌 울음 걷어 낸
정갈한 몸짓

풋고추 다지고
애호박 썰어 넣고
백년 가약 맺어 볼까.

공백

틈이 벌어진 곳에
무엇이 있었는지 나는 모른다.

시와 시인

맛있는 시 한 수 먹고 나면
온종일 원기 충천이다
배실배실 웃음마저 나온다

이 산 저 들 휘돌아 치고
이 가지 저 가지 훑어대도
잃어버린 입맛은
좀체 돌아오지 않는데
남이 끓여 준 된장찌개는
어찌 그리 맛이 있는지

제가 끓인 시 한 냄비
게 눈 감추듯 먹어 치우고
배 두드리는 시객(詩客)을 보면
배곯아도 배부른 어머니 맘이다.

시간을 먹어 버렸다

그렇습니다
제가 다 먹어 버렸습니다
한꺼번에 들이킨 건 아니지만
넋 놓고 야금야금 먹다 보니
너무 많이 먹어 버린 것 같습니다
이가 닳도록 먹었는데도
배는 부르지 않습니다
빵빵하니 살이 찐 것을 보니
먹긴 제가 다 먹은 게 맞는가 봅니다
어쩌겠습니까
남은 것이라도 이제부터
아껴 먹도록 해야겠습니다.

세월이 가니

세월이 가니 참 좋습니다
주름살도 늘어나고
흰머리도 많아지고
게다가 나이도
자꾸자꾸 늘어만 갑니다
그뿐인가요
걱정 근심은 산처럼 쌓이죠
외로움은 바다만큼 고였습니다
좋아 죽겠습니다
가만히 있어도 늘어만 가니
절로 부자가 됩니다
오늘도 저는 수지맞는
하루를 보냅니다.

내 마음에 풍경 하나

길 떠나는 겨울을 향해
회색빛 긴 눈인사를 나누고
고개 돌리던 그곳에
낯익은 풍경이 자리한다

하얀 햇살이 오후 창가에 머물고
고동색 마룻바닥에
해 그림자 너울지던 그즈막에
어린아이 엉덩이 같은
은색의 모래 무덤 위로
노란 봄볕이 쏟아진다

송사리 떼 노래 들으며 돋아나는
미나리 가랑이 사이로
내 동생 젖니 같은 속살이
봄바람에 파르르 떤다

정수리 솜털이 하늘거릴 때
등허리를 기어오르는 아지랑이

그곳에 내 마음의 풍경이 있다.

어버이날

세상의 모든
어버이와 자식은
처음부터 눈물로 맺어진다
인연의 도장을
눈물로 찍어서인지
자식은 늘
부모 눈 속을 떠나지 않고
부모는 항상
눈물샘을 자극하는 존재이다
낭랑한 울음소리가
만남의 소리였다면
이별하는 소리는 언제나
애끓는 통곡이다.

제4부
—
새끼손가락 걸고

약속해 줘
매일이야 날 생각해 달라고 하겠어
그냥, 비가 추적거리거나
하얀 첫눈이 온다거나
아니면 낯선 곳에서 맛있는 것을 먹을 때
잠시 잠깐만 날 떠올려 달라는 거지
그 정도는 해 줄 수 있지 않을까?

소파가 길을 떠났다

제 식솔들을 이끌고 당당하게 내 집에 들어와
십수 년간 거실에 주인이었던 소파가 떠났다
한 번씩 들썩일 때마다 풋풋한 코뚜레 향이 났고
가끔은 그 향이 흡사 소죽 끓이는 냄새 같기도 했다
이른 아침 그를 보면 마치 한 마리 황소가
거실에 누워 있는 듯하기도 했다
밤새 아삭아삭 여물도 먹지나 않았을까

깔깔거리며 앉아 있는 웃음
엇비슷 기대여 있는 한숨
시간을 외면하는
나의 눈물들을 겨드랑이에 낀 채

늘어진 엉덩이를 치켜세우자
허리춤에 모아 둔 비상금
찰진 소리를 내며 굴러떨어졌다
고향에 갈 여비였을 게다
겸연쩍은 낯빛이 검붉었다

수레를 끌힘이라도 있었다면
진작 스스로 떠났을

접혀지고 해진 자존심

오천 원짜리 딱지를 사서

부적처럼 이마에 붙이고 그렇게 떠나갔다.

가을 아침

가을날 아침은
페퍼민트 향을 수확하는 시각
막힌 숨을 뚫어 호흡을 보내고
눈을 씻어 맑은 하늘을 만든다
살갗의 진동을 느끼는 순간
드디어 내 안에도 온기가 있음을 깨닫고
두 손 비벼 온기를 부르는 의식을 한다.

배추

꽃처럼 피었다가
봉오리로 지는 너
어느 꽃처럼
봉오리 져 꽃처럼 벙글치 못해
꽃이라 불리지 않는다
그래도 끝까지
기도하는 손 내려놓지 않으니
숭고하기 그지없다
비로소 너의 기도 하늘에 닿아
꽃보다 붉게 물들었으니
그 어느 꽃보다 아름답다
내년 여름
어느 고랑
네 꽃처럼 피어 있을 때
물 한 바가지 끼얹고
세상 사는 이치 하나 배워야겠다.

낙엽이 가는 길

바람에 쓸려가다
바위틈에 끼이면 돌인 양
물밑에 가라앉으면 흙인 양
그렇게도 살아 보는 거야
전신(前身)은 나무였다지만
나의 본질은 또 다른 것일 수 있지
겹겹이 둘러싸인 인연의 고리를
하나 둘 풀어 가며
선사(先史)의 숲까지 가 보는 거야
부대끼던 소리가 그립기도 하겠지
되돌아가는 길을 잃어버릴지도 모르고
그래도 가 보는 거야
흙도 바위도 나처럼 흘러가다
다시 제 몸 추슬러 굳어진 것들일 테니까.

비 내리는 까닭

비가 내리는 까닭은
대지를 적시기 위해서가 아니다
제 몸 겨워
더는 버틸 수 없어서이다
더러는 운 좋게
누군가의 선심이 아닌
오로지 무심에서라도
살아가는 힘을 얻었다면
이유쯤은 굳이
묻지 않아도 될 일이다.

갈대

하늘 씻어 내린 물로
세수를 했습니다
제 빛이 곱지 않다 하서도
저는 어쩔 수가 없습니다
게을러서가 아니라
가없이 흔들리며 살다 보니
제 몸 가꾸기 쉽지 않습니다
그래도 이 가을
말갛게 하늘을 비질하여
그대에게 줄 수 있어
참 다행입니다.

가을에는

물기를 거두는 시간
마르면 마를수록
바삭이면 바삭일수록
폼 나는 계절
전신에 물기를 닦고
말라 가는 연습을 해야 한다
눈물로 쏟아 내고
오열로 토해 내어
장을 비우고 살을 말려
바스러지는데 걸림이 없어야
비로소 온전한 가을이라 하겠다.

사람이 꽃이다

꽃을 거두고 잎을 떨구어
확 트인 시야
이제는 사람을 보라 한다
향기에 취하고 숲에 가려져
서로를 잊게 했던 시간
화려한 외관에 감추어져
나날이 왜소해지는 존재
겨울 한철만이라도
세상 모든 것들을 제쳐 놓고
순전히 너와 나를 보라 한다
그래도 보지 못하는
눈뜬 봉사를 위해
온 세상을 하얗게 덮어
이제는 도리 없이 사람을 보게 하니
겨울에는 사람만이 유일한 꽃이 된다.

후회한다면

마음을 체에 걸러
걸리는 게 있다면
후회라고 보면 돼
아니라고 도리질을 해 봐도
자꾸만 뇌리를 맴돈다면
그건 분명 후회인 게야
피하고 싶겠지만
그냥 잘못했다고 미안하다고
빌 수 있을 때
비는 게 상책이야.

초파일(初八日)

대웅전 앞마당에 연등이
곶감 되어 익어 가고
밤마다 별은
연꽃 속에 모여 불경을 외운다
산사 옆 나무들
해마다 누리는 호사에
그저 몸 둘 바를 몰라 하는데
임은 말씀하시네
허구한 날
불초들의 그늘이 되어 준 공으로
꽃 한 송이
가슴에 달아 줬을 뿐이라고.

마음에도

마음에도 공간이 있어
들고나는 문이 있다
들어올 때보다
나갈 때 문을 제대로 닫아야
남은 이가 추위에 떨지 않는다
저만 나가면 그만이다 여기는
예의 없는 갈무리는
마음에 대한 도리가 아니다
마음에도 몸이 있어 상처를 받으면
밤새 오한과 발열로 밤을 지새운다.

지하철 안에서

1
같은 시각 같은 공간에 있다 해서
아는 이들은 아니다
얼굴을 마주 보고 있지만
안면이 있는 사람은 더욱이 아니다
하지만 다른 곳에서 다시 그들을 만난다면
어디서 봤더라, 누구던가 하고
골똘히 생각할지 모를 일이다
모르지만 전혀 모르는 사람도
알지만 아는 게 전혀 없는 인연들
마주 앉아 각기 다른 곳을 바라본다
부딪히는 짧은 시선이 자못 겸연쩍다.

2
이 빠진 좌석에
어떤 이는 임플란트로 박히고
또 어떤 무리는 틀니로 박힌다
실직한 중년은 한숨을 쉽고
취업한 젊은이는 희망을 먹는다
실연한 사람은 눈물을 삼키고
연인들은 달콤한 사랑을 나눈다

질경질경,
술 취한 노년은 여전히 안주를 되새김하며
몇 차일지 모를 술자리를 만끽하고 있다
나날이 영구치가 적어지는 사람들
지하철의 이가 되어 살아가고 있다.

붓통 둘러메고
―진을주 시인 영전에

붓통 하나 둘러메고
글 사냥 떠나십니까?
목덜미에 묵향이 가득하니
발길마다 온통 시구(詩句)이겠습니다
서재에서 못다 찾은 글귀
나들이 길에 찾으실 터이니
이제야 비로소
지상에 단어로 천상을 노래하고
그곳의 언어로
이곳을 읊으실 수 있겠습니다.

진실을 말합니다

다들
착각하고 있는 겁니다
땅에 뿌리를 내리고
우주를 받쳐 든 게 아닙니다
허공에 뿌리를 깊게 박고
지구를 떠받치고 있는 겁니다
저는 나무라 불리웁니다.

개망초

안양천가에
개망초 꽃 흐드러져 있네

어제는 중년의 새치처럼
피어 있더니
오늘은 백발의 노년으로
피어 있네
그러나 다가 보면
영락없는 갓난아이 젖니다

지독한 가뭄 속에
뿌리 짧은 것들은 이미 포기했지만
두 해살이 짧은 삶을
여기서 끝낼 수 없어
더욱더 깊게 뿌리를 박고
꼿꼿하게 허리를 곧춘다.

정의(定義)

눈물: 물의 발원지

웃음: 인류가 내는 가장 아름다운 소리
      또는 인류가 만든 가장 훌륭한 명작

미소: 얼굴에 그린 가장 완벽한 선

나: 죽을 때까지 의문의 존재

너: 바라만 봐도 충분한 존재

우리: 서로의 뒤를 허락하는 존재들.

처음 뵙겠습니다

이목구비 수(數)도 같고
눈 코 입 따로 떼어 비교해 봐도
다 고만고만하건만
처음 보는 이는 늘 낯설다

묻어 있는 공기에서
오랜 벗에게는 없는
새콤하고 상큼한 맛이 난다

어색한 대화
낯선 몸짓
보폭마저 맞추기 어려운 동행
조여드는 긴장감이 나쁘지 않다

70억 지구인들 중 한 명과
오늘 처음으로 인사를 나눈다
나와 그 사이에
다시는 나누지 못할 인사말

"처음 뵙겠습니다."

쇼핑하러 갑니다

이보다 초롱대는 눈빛이 어디 있나요
이토록 경쾌한 발걸음이 또 있을까요
사물과 절대적인 신뢰를 쌓는 공간
새로운 만남을 전제로 한
사교의 공간입니다
신용카드 한 장만으로도
즉석 만남은 성사되지만
인간의 일방적인 선택만은 아닙니다
까다로운 고객도 있지만
사나운 물건도 허다합니다
감성, 사이즈 다 좋아도
지불 능력을 점검 받아야 하는
꽤나 번거로운 과정입니다
어쩌겠습니까,
종(種)이 다른 사교
그 만큼에 애로가 따르는 건
당연한 거 아니던가요.

지천지 향어는 그렇게 날아올랐다

뭔들 영원한 게 있겠소
변하거나 시들거나
죽어 가기 마련 아니요

더욱이 비천하게 태어났으니
땅인들 한 번 밟아 봤겠소
볕인들 제대로 쬐어 봤겠소

그래도 하나뿐인 목숨이니
누군가의 밥줄이 되고
생명이 되고
절실함이었으면 좋겠소

한순간
그저 손맛으로 남는다면
나는 너무 억울하오

허나 진심으로 감사하고 있소
낚이어 날아오르는 순간
처음으로 새로운 세계를 보았고
새로운 꿈도 꾸게 되었소

내게도 날아오를 수 있다는
잠재력을 깨닫게 된 거요
다음 생엔 기어코
높이 나는 새가 될까 하오.

커피타임

시간의 꺾임
오만한 질주의 거멀쇠
나태한 행보의 채찍

의인화, 또는 소재 · 기법 · 주제의 통합
—『엄지손가락』의 시적 특성

김대규(시인)

정용채 시인은 2009년『지구문학』을 통해 작품 활동을 시작했다. 그리고 5년 만에 첫 시집『엄지손가락』을 간행한다.

어느 시인에게나 첫 시집은 그 시인의 시에 대한 첫 사랑의 고백과 같은 성격을 지니게 마련이다. 그만큼 순수하고 그만큼 몰입적이며 그만큼 주관적이다. 때문에 첫 시집에는 그 시인의 앞날의 시적 원형이 꽃씨처럼 응축되어 있다.

이『엄지손가락』80편의 작품을 통독한 나의 느낌을 간추리면 다음과 같다.

첫째, 검지, 중지, 약지, 새끼손가락의 호칭으로 20편씩을 4등분한 편성의 의도성.

둘째, 몇 편을 제외한 모든 시들이 비교적 단시형을 보이는 형태성.

셋째, 자연 위주의 소재성.

넷째, 의인화 중심의 기교성. 그리고

다섯째가 인생론적인 주제성이다.

J·러스킨은 시인을 '사물에게 말을 거는 사람'이라고 정의했다. 매우 시사적인 아포리즘이다. 이 말을 조금 진전시키면, 한 시인이 어떤 사물에 보다 더 많은 말을 거느냐에 따라 그의 시적 성향이 드러난다는 결론을 쉽게 얻을 수 있다.

앞서 제시한 『엄지손가락』의 다섯 가지 시적 특성 가운데서, 내가 주안점으로 삼고자 하는 것이 바로 러스킨의 말에 따른 정용채의 시 세계이다.

먼저 지적할 것은 정용채 시인이 가장 말을 많이 거는 대상(소재)이 '자연'이라는 점이다. 정용채는 사람이나 전봇대, 고층빌딩, 종이비행기, 풍선인형, 소파, 지하철 등의 사물에게도 말을 걸고 있지만, 그보다는 단풍, 버드나무, 수박, 넝쿨장미, 연밥, 잣나무, 양파, 홍시, 콩, 좁쌀, 배추, 낙엽, 갈대, 꽃, 개망초와 같은 식물류와 달, 일몰, 별, 안양천, 호수, 계곡, 한계령, 안개, 경포호, 소나기, 비, 장마, 고추잠자리, 가을, 향어, 유월, 몸 등의 자연계 물상들에게도 끊임없이 말 걸기를 시도한다. 소재 선택에 관한 한 정용채는 자연주의 시인이라고 할 수 있다.

그러나 본 소론의 핵심 논점인, 그 소재에게 말을 거는 방식, 곧 소재를 시로 만드는 기법에 이르면 얘기는 달라진다.

그 기법이란 이 글의 표제에 제시한 '의인화'를 말한다.

①텁텁한 세상

떨떠름한 표정 짓다가

슬며시 웃는 게 나야

_「홍시 독백」에서

안양천가에
개망초 꽃 흐드러져 있네

어제는 중년의 새치처럼
피어 있더니
오늘은 백발의 노년으로
피어 있네
그러나 다가 보면
영락없는 갓난아이 젖니다

_「개망초」에서

②날이 밝기 전에 떠나야 한다
  옷자락을 붙잡는 숨소리
  호수 위를 맴돌다

_「물안개」에서

울컥하는 맘에 그만
참았던 설움이
터진 것뿐입니다

_「소나기」에서

나는요, 국가대표
장대높이뛰기 선수

_「고추잠자리」에서

③지상에 곧추서서
　땅의 혼을 들이키고

　태양의 그늘을 말리는
　빛의 태반

_「전봇대」에서

　오르고자 하는 염원이
　서로를 무등 태워
　위로,
　위로 올라만 간다

_「고층빌딩」에서

　위의 ①은 식물, ②는 자연계, ③은 일반 사물의 예시다. 시화(詩化)의 방편이 모두 의인법이다. 의인화의 기반은 인간 조상들의 물활론적 상상력에 있다.

　『엄지손가락』에는 대부분의 시들이 의인화에 의해 빚어지고 있다. 그 가운데는 다음과 같은 깔끔한 수작(秀作)도 있다.

　하늘 씻어 내린 물로
　세수를 했습니다
　제 빛이 곱지 않다 하셔도
　저는 어쩔 수가 없습니다
　게을러서가 아니라
　가없이 흔들리며 살다 보니
　제 몸 가꾸기 쉽지 않습니다

그래도 이 가을
말갛게 하늘을 비질하여
그대에게 줄 수 있어
참 다행입니다.

_「갈대」 전문

의인화의 궁극은 '인간화'이다. 모든 인간에게는 나름대로
의 삶이 있다. 그걸 우리는 인생이라고 일컫는다. 정용채 시
인의 시적 테마는 바로 이 의인화를 통한 인간적, 인생론적인
의미의 결실이다.

더는 늙을 게 없는
노파에 이끌려
낡은 유모차가 골목으로 들어선다

화려한 과거를 가진 것들이
게으르고 무기력한 몸짓으로 올라탄다
세상 무게에 짓눌린
유모차는 숨이 목까지 차오른다

갓난애의 젖내
엄마의 분내는 이제 어디에도 없다
더는 혼자서는
살아내기 힘든 세상,
버려진 것들끼리 해진 어깨를 비벼댄다

그렇게

또 한 번 살아가자 한다.

_「유모차」 전문

    이 시는 노파가 낡은 유모차에 파지를 싣고 가는 모습을 그린 작품이다. '화려한 과거를 가진 것들이/게으르고 무기력한 몸짓으로 올라탄다'거나 '버려진 것들끼리 해진 어깨를 비벼댄다'는 의인화가 그럴 듯하고, 노파와 낡은 유모차와 파지가 동격을 이루며 '그렇게/또 한 번 살아가자 한다'는 결구가 서글픈 공감을 불러일으킨다.

    정용채의 인생론적인 주제성은 그렇게 단순하지 않다. 거기에는 '늙어 가는 여자가/아치형 거울 앞에 앉았다/반쯤 젊은 남자가 예리한 가위로/그녀의 꼬랑지를 자른다/두 번의 문상과 한 번의 결혼식/그리고/한 번의 돌잔치를 자른다'(「머리하는 날」)와 같은 자전성, '이 빠진 좌석에/어떤 이는 임플란트로 박히고/또 어떤 무리는 틀니로 박힌다'(「지하철 안에서」)와 같은 해학적 은유성, '똬리를 튼 바구니 속에서/향수를 뒤집어쓴 딸이/술과 버무려진 남편이/훅, 지나간다//살과 세상이/섬유 사이로 은밀하게 오간 흔적이다'(「빨래를 하다」)와 같은 고급한 시적 암유성, '걱정근심은 산처럼 쌓이죠/외로움은 바다만큼 고였습니다/좋아 죽겠습니다'(「세월이 가니」)와 같은 여유 있는 자족심, '마음에도 공간이 있어/들고나는 문이 있다/들어올 때보다/나갈 때 문을 제대로 닫아야/남은 이가 추위에 떨지 않는다'(「마음에도」)와 같은 배려심 등, 다양한 정서적인 반응들이 나타나 있다. 이와 같은 삶의 총체적 질량을 함축시킨 다음의 작품은 의인화 인생론의 대표작이라 할 수 있겠다.

울컥하는 맘에 그만
참았던 설움이
터진 것뿐입니다
한바탕 푸념에
별탈이야 있을라고요
사는 게 다
한때 소나기 아니던가요
흥건하게 고이는가 싶다가
흔적 없이 사라지는 것.

_「소나기」 전문

정용채의 인생론의 요체는 여기서 끝나지 않는다. 가장 중요한 덕목이 남아 있다. 이를 암시하는 다음의 시행(詩行)들을 먼저 읽어 보자.

작고 작아지는
연습을 했습니다
그것은 온전히
겸손을 익힌 까닭입니다

_「좁쌀만한 것이 2」에서

하지만 아시나요?
높은 곳에 있는 그들도
당신을 만나기 위해서는
한없이 고개 숙여야 함을…….

_「엄지손가락」에서

빛을 등지고 사는 유일한 존재
세상 비껴 사는 법을 가르치지

말이 없다고 무시하면 안 돼

_「그림자 1」에서

위의 예시에 나타나 있는 것은 자기 낮춤, 비껴 사는 삶, 작아짐을 통한 인성의 겸허성이다. 사물을 통해서 겸손을 깨우친다는 것은 사람됨의 문제다. 이와 같은 성향이 어우러진 작품으로는 다음의 시가 아마도 시적 완성도가 가장 높지 않을까 한다.

앞서거니 뒤서거니
때론 당기고 때론 밀며
한 몸으로 움직이는 우리
한없이 작아지려 할 때
내 몸 한껏 부풀려
세상과 키 재게 하고
쓸데없는 허세로 뭉쳐 있을 때
낮은 자세로 이끈다
세상과 부딪치는 잦은 마찰
일상이 되어 버린 투정도
침묵으로 받아 주는 또 하나의 나
살아 있는 동안
배신하지 않는 유일한 존재
정오를 틈내 잠시 내 품에 쉬게 한다.

_「그림자 2」 전문

'그림자'라는 소재로 이만한 비유의 시를 빚어내는 것도 그리 쉬운 일은 아닐 터, '정오를 틈내 잠시 내 품에 쉬게 한다'는 결구(結句)는 단연 돋보인다.

나는 이 소론에서 정용채의 첫 시집인 『엄지손가락』의 시적 특성을 '의인화'라는 기법이 소재와 주제까지를 통합시킴에 있음을 살펴보았다.

첫 시집이라고는 하지만 소재의 시화력(詩化力)이나 정제성까지도 갖추고 있다는 점이 앞날의 대성을 기대케 한다.